MISTER CHEVIGNAC

Les Héros des Univers

L'AMOUR DANS L'ESPACE

Pour comprendre cette œuvre originale, il est important de discerner la démarche.

L'auteur tient à préciser que ce roman est une fiction, et il ne prétend détenir aucune vérité, tant sur le plan historique que religieux ou même sur l'avenir plus ou moins proche. Il suggère donc de se laisser transporter par l'histoire, et d'en apprécier l'interprétation romanesque. L'ouvrage est entièrement laïc et ne favorise aucun office religieux.

Le compositeur du support musical s'est quant à lui donné pour mission d'aiguiser l'imaginaire du lecteur, en lui permettant de voyager dans différents genres musicaux.

Si la question est de savoir qui est arrivé en premier, le romancier ou le mélomane, sa réponse est :

« La vie d'un artiste ne se résume pas à sa plus belle signature. Sa vie c'est un labo expérimental, dans un modeste atelier, au fond d'une cour de récré. »

Mister Chevignac

À la recherche du Très Vieux

*J*e m'appelle Cédric, Édouard, Bérard, Janèf Chevignac. J'ai tout juste vingt ans. Je suis né le 1er janvier de l'année 2358. Je suis grand, beau et fort, et tout cela grâce aux avancées de la génétique. Je suis un transhumain, peut-être un peu narcissique parfois, mais nous le sommes un peu tous devenus depuis que nous savons contrôler le séquençage du génome humain. Ainsi la volonté de tous fut cruciale pour amener l'*homo sapiens* au transhumanisme. Maintenant me voilà, je suis un nouveau genre d'humain parfait, et surtout sans toutes ces imperfections que ceux d'autrefois portaient avec fierté comme signes de distinction. Plus de Blancs, de Noirs, de Jaunes ou de Rouges, puisque à présent on change de couleur d'épiderme à son gré. Alors je m'amuse selon mon humeur, à changer ma pigmentation, entre le rouge et le bleu. Ce que les gens appelaient racisme n'existe plus pour la peau ; on n'évoque cela que pour des individus considérés génétiquement faibles. En clair, tous ceux qui ont du mal à s'adapter ou ceux dont le corps rejette systématiquement les implants électroniques sont déportés aux Woublits. En quelque sorte c'est un lieu où on abandonne lâchement les pauvres indignes, en les laissant livrés à leur sort. Il me semble que l'oubliette est une sorte d'île artificielle située dans l'ancien arc caribéen. C'est d'ailleurs de la Caraïbe qu'il nous vient, notre patriarche.

Mister Chevignac, un homme stylé, soigné, toujours très élégant. Il aime les beaux habits, les belles chaussures, et les accessoires atypiques. Le personnage, indéniablement raffiné, se démarque aussi par son odeur. Vous pouvez connaître quelqu'un grâce au parfum qu'il porte ! Sa fragrance subtilement choisie le distingue, car son empreinte est sobre et à la fois sophistiquée. Sur un fond ombré et musqué, le mariage délicat de la lavande et de la vanille opère sur vous, et vous voilà charmé. Il sent tout simplement bon ! C'est un bon vivant qui aime les bonnes choses.

Ils ne sont plus très nombreux les gens comme mon Très Vieux, à être encore en vie. Il faut dire que quatre siècles c'est beaucoup pour une existence. Ces anciens qui sont la mémoire de notre civilisation peuvent se vanter d'avoir su résister à la Période. Ce moment de doute intense qui mena à la folie et au suicide tous les autres Très Vieux comme lui. L'Homme a évolué, mais beaucoup n'ont pas su s'adapter à tant de changements. Cette année de 2378, c'est une année spéciale, c'est l'anniversaire de mon Très Vieux. Quatre cents ans. Ils ne sont que sept comme lui sur Terre à être aussi vieux. Les trois autres sur Orbis, la station spatiale. Toute la population mondiale est en émoi aujourd'hui, un peu comme si le personnage était aussi de leur famille. Alors on fait attention à ces anciens, car on a tous perdu des proches, personne n'arrive à franchir le cap des deux cents ans. Mon père me dit souvent qu'il faut avoir un mental d'acier, pour accepter de vivre aussi longtemps sans mettre fin à ses jours. Voir sa famille, ses amis partir et être encore là et ne pas mourir de vieillesse. Bien sûr les gens meurent d'accident domestique, d'homicide ou de suicide, mais autrement plus personne ne meurt affaibli par les stigmates du temps. Les visages ne portent plus ces vilaines cicatrices que laissait le temps sur la peau torturée par le passage d'une vie sur Terre. On ne voit plus ces gens creusés, amaigris, courbaturés, et même battus par leur vieillesse qui semblaient vouloir signaler au monde que leur fin était proche. J'en avais vu quelques-uns ainsi dans un reportage vidéo et sur des images à l'école collective des trois ans, mais jamais en vrai. C'est qu'avec tout ce que j'ai entendu dire, nous avons de la chance d'être de cette époque.

Les hommes sont plus intelligents, plus tolérants, on ne pense même plus à se faire la guerre pour des futilités. On sait tous de nos jours qu'il serait aisé pour nos dirigeants de détruire la planète, alors tout le monde se tient bien.

L'alcool est devenu un fléau depuis l'arrivée des véhicules autonomes. Les gens se sont mis à consommer de plus en plus, sachant qu'ils ne seraient pas responsables de leur conduite.

Les drogues dures comme le Tapèz ont, elles aussi, fait des ravages auprès des jeunes de soixante à cent ans. Certains prétendaient revivre leur naissance et revoir leurs disparus ; c'est ainsi qu'une rumeur lancée détruisit toute une génération.

Toutes nos maisons sont durement équipées en domotique, et parfois c'est peut-être un peu trop. Je trouve que ça nous rend extrêmement dépendants. Il paraît qu'autrefois les gens aimaient faire à manger ou du bricolage. C'est fou comme les temps changent. Je me dis que si les assistants ménagers n'étaient plus là, ce serait la fin de tout et surtout de tous.

En tout cas, il faudrait que je m'active un peu plus, si je veux retrouver mon Très vieux avant la tombée de la nuit. Pour ça j'ai ma petite idée.

La grande discussion

*A*ssis sur la terrasse d'un immeuble en plein cœur de Manhattan, Mister est en train d'écouter avec son appareil de musique, une de ses anciennes compositions. C'est ainsi qu'il médite et qu'il se rappelle des choses, des situations insolites, comme pour le jour du tournage du clip de « Zouk love ».

ZOUK LOVE

Mister était en train de se remémorer cet instant de magie quand apparut devant lui son arrière-x-petit-fils.

Cédric : Vioc Vioc ! Eh le vioc ! Le Très Vieux ! *s'écria le jeune adolescent, heureux d'avoir retrouvé son aïeul.*

Mister : Alors le respect s'en est allé pour de bon dans les années 2000, *répondit le patriarche.*

Cédric : Et c'est parti ! Je ne suis pas venu pour ça, tout le monde te cherche.

« Le voilà tout bleu aujourd'hui celui-là », *murmura Mister dans sa barbe.*

Mister : Jeune schtroumpf, déjà tu apparais devant moi avec ton truc là, sans prévenir.

Cédric : Très Vieux, c'est le dernier T-transport.

Mister : Jusqu'au jour où tu n'auras que la moitié qui aura voyagé et l'autre partie sera restée d'où tu viens.

Cédric : Mais non ! Ça ne se fait plus. Tu es vraiment trop vieux. À ce que j'ai pu entendre, j'avoue que les premières séries étaient peu fiables. Maintenant avec les compensateurs d'Heizenberg ultra-modernes, c'est du passé ; un peu comme toi.

Mister : Petit impertinent ! Retourne d'où tu viens.

Cédric : Non, non je ne peux pas, tout le monde te cherche je te dis. Et puis je te taquine, on n'a pas tous la chance d'avoir un Très Vieux dans sa famille. Aujourd'hui le monde est à tes pieds, c'est ton anniversaire.

Mister : Je sais petit, je sais, *répondit l'homme d'un ton triste, les yeux rouges, comme s'il avait déjà pleuré des heures entières.*

D'ailleurs comment m'as-tu retrouvé ? Je ne suis pas géolocalisable comme vous.

Cédric : Oui c'est sûr, mais je me doutais que tu devais être un peu nostalgique de ta petite Madouana.

Mister : Madinina ! *s'exclama l'ancien.*

La Martinique, mon pays, mon île chérie, la terre de mes ancêtres. Mon histoire, ma maison. Vous du continent ne connaissez rien de ce que fut ce trésor des Caraïbes. Avant cette série de tsunamis qui finit par l'engloutir, il y avait toute une population des plus cosmopolites. On l'appelait aussi l'Île aux Fleurs. Comparée à votre bétonnière, il y faisait bon vivre. Quelques petites rivières et même des chutes. J'aimais aller aux Gorges de la Falaise[1], dans la commune d'Ajoupa-Bouillon. On y descendait un escalier de fortune fait dans la matrice même de la terre. Puis après une descente de près de cinq minutes on arrivait enfin au jardin d'Eden tel que je

---

[1] *Lieu-dit offrant une balade le long d'une rivière entre deux falaises*

l'imagine. Il fallait encore suivre un petit parcours dans l'eau, cette fois-ci entre des parois rocheuses pour pouvoir accéder à cette chute au fond d'une cuvette. Voilà que cette eau miraculeuse, envoyée par Dieu lui-même, vous attendait à l'infini, comme l'ultime récompense après un petit périple au cœur d'une chaleur tropicale. Enfin vous étiez arrivé dans les entrailles même de cette poésie de verdures, comme si vous entriez dans la gorge d'un géant en pleine déglutition. Vous vous trouviez nez à nez avec la cascade de la falaise. Dans cet antre, tout était disproportionné, avec des plantes et des fleurs géantes. Un peintre aurait perdu son latin devant ce panel de couleurs. Du bleu turquoise au rouge rubis en passant par le vert émeraude, à croire que toutes ces déclinaisons avaient pris naissance exactement dans ce lieu. Cette randonnée dans la forêt nous ramenait cinq cents ans en arrière, avant même l'arrivée des premiers colons, quand tout était encore vierge et sauvage. Je me prenais alors pour un farouche guerrier caraïbe, et je sautillais avec habileté dans cette dense et épaisse végétation. À moi la liberté, dans cette fosse où on distinguait à peine le jour. Je me rappelle avoir vu une fois, dans cette eau limpide, un insecte incroyablement bizarre et m'être interrogé longuement sur les probabilités qu'il y ait aussi ce terrible serpent du nom de Trigonocéphale. Des colibris vous précèdent, tels des petits elfes désireux de vous conduire à bonne destination dans ce labyrinthe. Mais mon île, c'était des décors différents du nord au sud et de l'est à l'ouest, un lieu garni d'une faune exceptionnelle. Des plages grises marquées par les vestiges de l'éruption du volcan de la Montagne Pelée, à ce sable particulièrement fin des Salines dans le sud. Les mangroves, leurs odeurs, leurs bestioles. Oui je me souviens maintenant des crabes que les gens allaient chercher avec leurs ratières. Petit système ingénieux qui permettait de capturer ces derniers avec une aisance des plus déloyales, tellement il était évident que la bête se ferait capturer vite et sans effort. Ce n'est pas comme Georges le crocodile qu'on ne trouva jamais !
Ma Martinique tu me manques : ta population, ton folklore, et tes contradictions.

Cédric : Je peux comprendre ! *soupira le jeune homme avec un air de compassion,* il faut qu'on y aille.

Mister : Aller où ? Je suis bien ici pour le moment, Choz !

Cédric : Je n'aime pas que tu m'appelles comme ça Vioc Vioc.

Mister : Rappelle-moi ton prénom, alors.

Cédric : C'est le même que le tien, tu le sais très bien !

Mister : Ben dis donc, tu es un petit Cédric. Et tes frères et sœurs ?

Cédric : Comme si tu ne savais pas que depuis la législation les familles ne peuvent avoir qu'un seul descendant sur terre et deux en orbite à condition qu'ils soient mâle et femelle.

Mister : Ah ! Mon petit ! On dit garçon et fille. Et sache que les lois se font et se défont, tu comprendras un jour.

Cédric : J'aimerais bien que tu me racontes, quand tu faisais l'artoste.

Mister : L'artiste petit, l'artiste. C'est vrai que vous ne connaissez pas ça vous maintenant. Tout est sciences et théories, mais mes plus belles années étaient bien dans le début des années 2000.

Mon nom de scène était « Mister Chevignac ». Pas fameux me diras-tu ! Seulement, c'était le seul moyen que j'avais trouvé, après m'être fait connaître comme Cédric le trompettiste, pour sortir de cette image d'instrumentiste. Je voulais juste vivre mon art, ma passion et être un artiste à part entière. C'est vrai que maintenant on n'écrit plus de musique, mais avant ceux qui le faisaient vivaient quelque chose d'indescriptible ; c'est comme demander à une femme de définir avec précision les sensations de son accouchement. Certaines parleront de douleurs atroces, tandis que d'autres plus timidement d'orgasme étrange. Je pense que c'est unique, même avec répétitions, c'est toujours un autre bébé. En tout cas l'aboutissement final pour une œuvre c'est toujours la présentation au public. Comment va-t-il l'accepter ce trésor que tu couves, depuis des mois ? Vont-ils l'aimer comme toi, ou bien le détester ? Même si on te dit que tu ne pourras pas plaire à tout le monde, mais tu aimerais quand même avoir un maximum d'adeptes de ta musique, de ta folie. Oui, folie, car je pense qu'être un artiste c'est être un peu un marginal. Ce n'est pas un réflexe primaire que de jouer de la musique, de chanter à tue-tête. Non, non il faut être un peu perché pour être un artiste quel qu'il soit, peintre, danseur, chanteur ou encore comédien. Quant à eux, je crois que ce sont les plus atteints. Ils s'inventent des personnages et leurs rôles de composition arrivent même à nous convaincre qu'ils sont ce qu'ils jouent. « J'aurais voulu être un artiste, pour pouvoir faire mon numéro. Quand l'avion se pose sur la piste, à Rotterdam ou à Rio », *chantonna l'artiste d'un air convaincu.*

Cédric : Tu sais, des fois, je comprends pas tout ce que tu dis.

Et les deux hommes se mirent à rire.

Mister : C'est sûr que là, j'ai dû te perdre en route. C'était juste un petit air musical qui m'est revenu en tête.
La musique avant était une véritable thérapie, elle pouvait guérir les malades, te faire sortir de tes angoisses. Ou charmer les auditeurs. Je me rappelle en 2016 ou 2017, je ne sais plus avec précision, j'avais charmé ton aïeule avec un poème. Je vais essayer de te le réciter si ma mémoire ne me fait pas défaut.

AMOUR BAROQUE

Mamie, est-ce un crime de lèse majesté,
Que d'espérer un dernier baiser

Je faiblis à chaque instant de votre absence
Tout cela me pèse, quel lourd fardeau

Je sens dans mon poitrail ce tiraillement,
Tel un fleuret transperçant ma chair

Bien heureux qu'aucune cloche n'annonce mon trépas,

Car fleur de laine jamais ne tua

Est-ce le tragique destin d'un Roméo
Que de ne pouvoir s'accaparer son alter ego

Dur châtiment pour mon âme,
Et funèbre cérémonie pour ma vie

Sachez que nulle ordonnance,
D'aucun seigneur ne détournera mon attention du sublime

Je ne suis point de nature à flatter,
Mais si mes yeux vous voient ainsi, je ne puis qu'acquiescer

Permettez-moi enfin de vous aimer
Donnez-moi ce droit ultime de vous adorer

À présent je mesure l'inégalité des souffrances
Car celle du cœur est des plus amères

Elle rend fiévreux et mélancolique
Orgueilleux et colérique

Puis-je donc… imaginer que dans des temps à venir,
Je puisse vous mener à l'autel

Nier, résister, refuser l'évidence de votre vénusté,
N'est que trop scandaleux

Ne voyez point de badinage et de légèreté dans mes propos

Le gentilhomme que je suis accuse avec raison la valeur de son
verbe, et consent à vous conter fleurette jusqu'à épuisement

Comme par enchantement tout autour de vous est magie
Certainement due au mariage subtil d'une envoûtante sorcellerie,
Assaisonnée d'un grain de poésie

J'ai pour témoin de mes dires le bouleversement des saisons
Pauvre mère nature, qui perdit son rang le jour de votre éclosion

Je fis votre connaissance en brumaire et l'instant d'après nous
étions en floréal

Seuls les astres savent que nul filtre d'amour n'a votre violence
Hélas pour mon cœur, j'ai bien manqué de vigilance

J'aimerais m'assurer que vous n'êtes la muse de personne d'autre,
mais cela ne se peut

Comment peut-on imaginer que la lumière ne soit vue que d'une
seule personne

Alors mon nègre vous adressera tous mes poèmes,
Sa plume sera des plus légères

Et ma conscience apaisée à l'idée de trouver les mots justes (qui
vous valorisent à la hauteur de ce que vous êtes)

Je vous ferai porter mes courriers,
 Et non ces grossiers *whatsapp* des temps futurs

J'apporterai des modifications à mes textes,
 Afin qu'ils riment comme des chansons

Jean-Baptiste Poquelin n'aura qu'à bien se tenir,
Je ne puis laisser place à la fourberie

Paske mèm an kréyol, man kèy sa diy li[2]

En d'autres temps, poèmes et citations seront justes des syllabes,
Que les amoureux emprunteront pour illustrer ce que fut notre rayonnement

Les idylles du monde seront les parodies de notre histoire

Notre amour sera évoqué à travers les âges,
Tel un symbole universel

Vous, ma pucelle, serez ce mythe intemporel
Votre grâce sublimera le chiffre d'or, à n'en plus finir

M'entendez-vous, clamer mon existence,
D'une quelconque manière, puis-je attirer votre bienveillance

Je ne pourrai prendre congé avant d'avoir eu votre vérité
À ce moment peut-être serai-je libéré, las d'avoir trop aimé

Ne dites mot
Mignonne, beauté éternelle,
Soleil vous êtes,

Mon péan m'attirera la colère d'Apollon,
Pour qu'à son tour il chantonne une ode en votre nom

Car Soleil vous êtes
Ainsi posé sur ce papier, figé dans l'espace temps,
Aucune thèse ne saura vous défaire de votre raison

Lumière de vie, lumière de ma vie

---

[2] *Parce que même en créole, je saurai le lui dire*

Aucun philosophe ne témoignera du contraire,
Dame qu'il est divin de vous Aimer

À cet instant, Dulcinée, j'apprécie le jour qui me fit vous rencontrer,
Pour apprendre pour toujours que Doux et Divin viennent du mot
Aimer

À présent je comprends que L'**Amour Baroque** est une subtile
cruauté des anges, dont je ne pourrai me passer

Soleil vous êtes,
Lumière de ma vie,
Qu'il est doux et divin de vous aimer.

AMOUR BAROQUE
(version instrumentale)

Bien que son seul spectateur ne fût pas adepte du genre, Mister récita son poème avec émotion. On pouvait palper cette ambiance du XVIIe siècle, et même se projeter avec un peu d'imagination. Le décor planté, au milieu d'un petit jardin à la française. Caché dans un coin d'un labyrinthe de haies fraîchement taillées, où les deux tourtereaux se tiendraient les mains. Le jeune châtelain genoux à terre, sur ce gravillon saillant. Certes la position est inconfortable, mais des plus sincères pour louer ses sentiments avec dévotion. Le jeune puceau contant sa flamme à une chaste demoiselle, éprise de sympathie. On devine même l'orchestre quelque part non loin, se prêtant au jeu le temps d'une répétition. Même s'ils ne savent rien de la trame qui se joue près d'eux, les musiciens exécutent à la perfection leurs partitions. Le ciel un peu gris de Paris ne change *rien à la féerie du moment. Il fait bon, malgré le crachin léger du matin.*

En tout cas c'est comme cela que notre comédien mime la scène à son arrière-x-petit fils, resté figé et muet d'admiration par la maestria de son aïeul. Ce qui n'empêchera pas à celui-ci de le charrier, par simple provocation.

Cédric : Wouah ! C'est quoi ce langage ? Les gens parlaient comme ça avant ? J'ai compris un mot sur deux.
Mister : Bon ok ! Laisse tomber.
Cédric : Non non, mais j'aime bien. Attends, excuse-moi !

Le jeune homme tourna le dos à son ancien, fit un demi-tour pour chercher le meilleur réseau, puis baissa sa tête qui lui servait de récepteur.

Oui Manman ! Je l'ai retrouvé, je suis avec lui là. Oui Man, on fait vite. Mais le Vioc il voudra pas se faire télétransporter. On est sur le toit de la tour des Continents. Celle des mille étages. Ok, tu viens en véhicule pour nous récupérer ? D'accord, on bouge pas.
Mister : T'es un robot, gamin ! C'est pas possible, avec votre technologie implantée. Ta tête c'est ton téléphone !? Pfff...
Cédric : C'est l'évolution, l'ancien. On n'est plus à l'âge de la fumée pour parler, ou bien des portables. Ah ah ah, quelle histoire ce truc ! Papa m'a parlé de votre machin bidule-là. Tu sais, les mobiles androïdes ?
Mister : Mon petit, avant même le portable, les hommes communiquaient par plein d'autres moyens, comme l'écriture.
Cédric : Primaire.
Mister : Le morse.
Cédric : Primaire tout ça, primaire.
Mister : La fumée.
Cédric : Pouf, tu rigoles là ?
Mister : Mais mon préféré, c'était la musique.
Cédric : La musique, ce n'est pas la première fois que tu m'en parles, mais qu'est-ce qu'il y avait de si exceptionnel dans cela ?

Mister : Tu n'y connais rien marmot. C'était un art, un moyen d'expression, de décompression.

Cédric : Un peu comme quand j'élucide un calcul avec la variante du chiffre d'or, pour atteindre un plus racine de cinq sur deux.

Mister : Ce n'est pas exactement ça, mais je pense que la musique stochastique t'aurait émerveillé. Une sorte de musique sans âme, basée uniquement sur des calculs mathématiques, bref.

Là je te parle d'émotions, de joies, de peines. De la vie. D'ailleurs la sonde *Voyager* avait un disque d'or gravé avec des messages écrits et de la musique, comme *La flûte enchantée* de ce fabuleux Mozart.

Cédric : Bien sûr, mais j'ai plus entendu parler du nombre binaire qui figurait sur ce fameux disque qui ne nous valut aucune réponse d'ailleurs. Alors que nous savons aujourd'hui qu'il y a les Etiafs sur l'autre système, ils auraient quand même pu nous répondre.

Mister : Laissez ces choses là où elles sont. La foudre s'abattra sur vous un jour et vous verrez.

Cédric : La foudre, pourquoi donc un phénomène de décharge électrostatique disruptive ferait-elle son apparition si on se connectait ?

Mister : Tu as trop de mathématiques appliquées en tête, tu me fatigues. Je te parle de la colère des Dieux !

Cédric : Des Dieux ? Donc tu es vraiment très vieux pour parler de religions polythéistes.

Mister : Je vais te décâbler petit ! Tu me saoules !

Cédric : Je te taquinais Vioc Vioc. Mais je trouve que résoudre des problèmes est plus épanouissant que ta musique. Le travail du cerveau en ébullition, jusqu'à cet orgasme cérébral tel un éternuement enfin évacué. Une équation élucidée, c'est le pied quoi !

Mister : Mais tu retrouves tout ça dans la musique, ça te met en transe, ça te prend, ça te fait voyager.

Tout est musique, le bruit de la pluie qui tombe sur une tôle, ça en a même inspiré une chanson à l'époque : « An ti la pli si tol, sé tan pou fè lanmou... » Ou bien les cris des insectes le soir dans les campagnes, cadencés par le feuillage des arbres, eux-mêmes rythmés par le sifflement du vent qui s'introduit dans tous les orifices dévoués à jouer sa symphonie.

C'est pas possible, tu es sourd ! Tiens, je te donne mon « mp 16 », tu pourras mieux comprendre de quoi je te parle. Je te vois venir ! Oui ça existe encore, lorsqu' un appareil est bien entretenu, il peut survivre au temps.

Cédric : Ok cool ! Je te dirai si c'est si jouissif que ça, ta musique. Maman est arrivée, il nous faut descendre maintenant.

Quelque part dans un autre système solaire

Le jeune prince Milian, de la planète Bezel est à bord de son navire le Maniok. Il n'est plus qu'à quelques milliers de kilomètres de son but. C'est un jeune homme charmant tel qu'on les distingue dans les histoires d'autrefois. Il est vaillant, attentionné, simple et surtout respectueux des aînés. Cette fois-ci, il a décidé d'écouter son cœur plutôt que l'interdiction formelle de son père vis-à-vis de sa bien-aimée. Après avoir traversé toute la galaxie, il est convaincu de la retrouver sur la Terre.

Un officier à bord du navire spatial s'écrie :
Mon Capitaine, nous approchons de la Terre.
Le Capitaine : Votre Majesté, nous sommes prêts.
Milian : Alors me voilà qui me rapproche de toi mon amour, ma Vilia.

LA CHANSON DE MILIAN
(La fin du monde)

Pourquoi on vit, pourquoi on meurt
Ils se posaient tous cette question avant, avant
Non les temps n'ont pas changé, les mentalités ont évolué
On n'a plus peur pour l'instant
Car c'est la fin du monde on attend cette fin de monde
Car c'est la…………………………………

Fuir mon amour j'ai plus envie
Depuis ce jour y'a plus de répits
Obéir aussi, j'ai plus envie
Maintenant je dis que ça suffit
Fuir mon amour j'ai plus envie

Ils nous ont reproché l'amour
C'était pour l'exemple nous ont-ils dit
Ils nous ont fait courir le jour
Obligés de nous cacher la nuit

Pourtant ils ne sont pas mieux
La plupart malheureux
De ne pas connaître, mais connaissent ce qu'il y a de mieux

Mais nous on sait ce qu'est l'amour
On fait que braver les interdits
Ils nous ont fait confiance un jour
Désobéir, ça nous a nui

Pourtant ils ne sont pas mieux
La plupart malheureux
De ne pas connaître, et d'admettre ce qu'il y a de mieux

Ils nous ont retrouvés un jour
Pourquoi fuyez-vous, nous ont-ils dit
Ils ne comprennent pas qu'en amour,
Il y a des risques c'est ça la vie
Pourtant ils ne sont pas mieux

La plupart malheureux
Que des promesses, belles promesses, laissez-nous un peu.
On tourne tourne tourne tourne, tourne en rond
On tourne…
On tourne…

Ils peuvent nous détester
On va s'aimer, à la folie
Ils ont le droit de douter
On va durer jusqu'à l'infini
On séchera nos larmes
Après pour nous tout ira mieux
L'amour c'est quelque chose qu'on vit qu'à deux

Mais nous on sait ce qu'est l'amour
On fait que braver les interdits
Ils nous ont fait confiance un jour
Désobéir, ça nous a nui

Pourtant ils ne sont pas mieux
La plupart malheureux
De ne pas connaître, et d'admettre ce qu'il y a de mieux

Pourquoi on vit, pourquoi on meurt
Ils se posaient tous cette question avant, avant
Non les temps n'ont pas changé, les mentalités ont évolué
On n'a plus peur pour l'instant
Car c'est la fin du monde on attend cette fin de monde
Car c'est la…

Le Capitaine : Votre altesse, qu'est-ce donc cette magie ?
Milian : C'est ma Vilia qui me l'a apprise. Elle dit que, sur Terre, ils appellent cela une chanson. Elle s'est amourachée de ce peuple primitif, c'est pour cela que je suis sûr de retrouver sa trace sur cette planète.
Le Capitaine : Et si elle n'y était pas ?
Milian : Cela est impossible, elle est sûre que leur musique convaincra mon père de la force de notre amour et que c'est le seul moyen qu'il nous reste. J'ai confiance en elle, nous la retrouverons ici.
L'officier : Le croiseur Malavoi nous suit de près.

Le Capitaine : Mettez les propulseurs à plein feu. En route, nous allons tenter de les semer.
Milian marmonnant : Alors, Père, vous ne laisserez aucune chance à notre amour.

Pendant ce temps sur Terre, les deux hommes s'approchent du véhicule qui les attend, puis s'aperçoivent qu'ils ne sont pas attendus par la mère du plus jeune, mais par une jeune femme drôlement vêtue. C'est Vilia, elle ne ressemble en rien aux femmes que l'on peut trouver sur Terre. Elle est d'une beauté incomparable, comme si elle avait été créée dans un moule unique, puis démoulée à sa maturation juste lorsqu'elle eut atteint l'apogée de la beauté. Même quand elle était assise on pouvait voir qu'elle était assez grande de taille. Sa peau était blanche comme cette divine Blanche-Neige des contes pour enfants. Ses yeux étaient d'un bleu ciel à rendre jaloux les nuages. Sa bouche était d'un rose pâle qui en langage des fleurs signifie la pureté, c'était probablement pour cette raison qu'il était inconvenable d'offrir des roses rouges à une jeune femme. La symétrie parfaite de son visage était déroutante tant elle était belle. Enfin elle venait d'ailleurs.

Cédric : Excusez-nous, on vous a pris pour quelqu'un d'autre.
Vilia : Faites vite, montez !
Cédric et Mister : Quoi ?
Vilia : Vite, montez ! On n'a pas beaucoup de temps.

Les deux hommes s'embarquent dans le véhicule en suspension devant la grande tour.

Cédric : Ok ! Maman n'a pas eu le temps finalement, elle vous envoie nous chercher. Je comprends, avec tous ces préparatifs, mais elle aurait pu me le dire.
Vilia : Non, je vais tout vous expliquer. Ca ne va pas être facile à comprendre pour vous. J'ai besoin de votre aide, Mister.
Mister : Mon aide, à quel sujet ?
Vilia : Je viens de très loin. En fait, je viens d'une autre galaxie.

Mister : Eh ben bon ! On s'est fait kidnapper par une furie, le jour de mon anniversaire.
Cédric : N'importe quoi !
Vilia : Cédric, écoute, je me branche sur ton réseau cérébral tu verras tout de toi-même.

Elle prit un appareil qui ressemblait étrangement à un téléphone sophistiqué et le pointa dans la direction de Cédric. Les yeux du jeune homme s'ouvrirent en grand, pendant quelques secondes et il s'écria : « C'est la fin du monde et c'est le début de tout. »

Mister : Du calme, petit ! C'est quoi ton délire ?
Cédric : Elle dit vrai, je vais tout te dire. Elle s'est branchée directement sur mon cerveau grâce mon réseau interne et elle m'a dit tout son périple pour arriver à toi. Mais j'ai tellement de choses à te demander Vilia. Comment on n'a pas pensé à ça plus tôt ? On est trop bête.
Mister : Calme-toi petit, moi, je ne comprends rien de toute votre histoire.
Vilia : Cédric, il faut que tu te débranches sinon on va nous retrouver avec ton GPS.
Cédric : Oui, mais sans ça je suis perdu.
Vilia : Fais-moi confiance. Mister, comme je vous disais je viens d'une autre galaxie et mon voyage est dû au fait que le père de mon amour n'accepte pas notre union. Le seul moyen de le convaincre c'est qu'il découvre ce que je sais grâce à la musique. Vous êtes le dernier humain de l'univers à savoir en jouer. D'ailleurs personne n'y a trouvé d'intérêt, mais je reste convaincue que cet art peut changer le destin des mondes.
Je vous emmène avant, sur la planète des Avenants. S'ils acceptent, ils pourront nous prédire quelques événements de notre futur. Je ne sais pas encore comment les convaincre, mais nous trouverons bien en chemin.
Mister : Mais je ne suis pas convaincu non plus, et je n'irai nulle part.
Cédric : Mais si, fais-lui confiance.

Mister : Vous êtes aussi fous l'un que l'autre.

Vilia : Mister, si vous aviez suivi l'évolution des Terriens, vous seriez un transhumain complet ! Je vous raconte tout pendant notre voyage.

Mister : Aucun voyage ! Je ne bouge pas d'ici avant d'avoir tout bien compris.

Cédric : Tu n'obtiendras rien de ce Très Vieux.

Vilia : Vous, les Terriens, avez dix millénaires de retard sur les autres humains du système. Vous avez passé votre temps à vous faire la guerre, c'est pour cela qu'il n'y a jamais eu d'échange avec vous. Personne ne veut voir son monde anéanti par votre désir de conquêtes. Certains d'entre vous disent chercher Dieu, mais il n'a pas de lumière pour vous. Personne d'autre que vous ne le cherche, car nous savons tous ce qu'il est, et s'il devait venir vous seriez le premier ou le seul peuple à disparaître. Vous pensez être les seuls, qui plus est, parfaits et à son image. Mes amis, vous ne vous posez pas les bonnes questions. Il créa tous les hommes et les mit sur différents systèmes pour voir comment ses créatures pouvaient évoluer. Si je le compare à votre inventif Léonard de Vinci, c'est comme si vous me disiez qu'il avait passé toute sa vie à faire et défaire *La Joconde*, quelle perte de temps ç'aurait été ! Dieu est tout, il est amour, il est le mal aussi et bien d'autres choses que vous ne connaissez pas sur Terre. Que vous vous entretuiez et que vous ne vous fassiez que l'amour, vous ne feriez qu'accomplir sa volonté qui est d'exister et de disparaître, car nul autre que lui ne doit vivre à l'infini. Nous ne sommes pas aux mêmes dimensions, ce qui vous fait mal n'est qu'une poussière de poussière à côté de ce qu'est l'immensité de l'échelle cosmique. Enfin vous ressemblez beaucoup à vos cousins les Siriks, peuples guerriers mais ils respectent les traités humains de l'espace, heureusement pour nous. Nous avons vu comment ils mettent d'autres créatures en esclavage, c'est horrible. Mais il nous faut faire vite, personne ne doit savoir que je suis sur Terre, ça pourrait créer une guerre des mondes.

Mister : Admettons que je croie tout cela, mais je ne suis pas de taille à porter toute cette mission sur mes épaules. Tu partiras avec mon petit, mais avant nous irons dans mon musée.
Cédric : Ton musée ?
Mister : C'est un lieu que je tiens secret où je prends plaisir à m'abreuver de mes vieux souvenirs. Une vraie caverne d'Ali Baba.
Vilia : Ok ! Ne perdons plus de temps, allons-y !

Les trois individus prirent la direction du fameux lieu tenu secret. En fait c'était juste un petit appartement dans le centre de Manhattan, une petite garçonnière remplie de bibelots, de compacts disques devenus illisibles à cause du temps. Il y avait aussi quelques posters de l'artiste, mais surtout ceux d'artistes très connus dans les années 1960 à 2200, la période où les hommes avaient délaissé la musique. C'était rempli de boîtes soigneusement empilées et répertoriées. Mister en prit une qui était cachée derrière un meuble, la dépoussiéra puis ouvrit le trésor avec précaution.

Mister : Tiens, petit, c'était ma trompette préférée, elle est à toi maintenant. Va faire découvrir aux autres mondes la beauté de la musique.

La relique était vieille et pourtant très bien conservée dans son écrin. Son vernis était parfait, comme si elle sortait tout juste de l'usine. Elle était toute dorée, et son embouchure était en plaqué or. C'était une Taylor qui avait été customisée, pour le maestro. Sur la longueur du pavillon était gravé MISTER CHE. Au sommet des pistons on distinguait des petites pierres semi-précieuses, qui relevaient le charme du bijou. À aucun moment on n'aurait pu imaginer que dans cet étui était dissimulé un tel trésor. Sans pour autant l'avoir entendu à l'œuvre, on se doutait que le son qui en sortirait serait certainement rond et profond. En tout cas pour les yeux, praticien ou non, c'était éblouissant de contempler cette merveille d'un autre temps. Ce vestige archéologique n'aurait sûrement jamais revu le jour s'il n'y avait pas eu la visite inopinée de l'étrangère.

–   Voici une clé USB, tu trouveras tout ce qu'il te faut comme exercices pour apprendre à en jouer et de superbes sons d'artistes en tous genres comme ma Beyoncé chérie… Enfin tu verras par toi-même.
Cédric : Merci ! Vioc, ça me touche. Tu seras fier de moi. Je ferai sonner les trompettes de l'univers en ton nom.
Mister : Ben fais déjà sonner celle-là et on verra après.
Vilia : Merci Mister. Allons-y maintenant, Cédric. Direction Avenante.

Le début du voyage

La navette spatiale de Vilia était un petit bolide qu'elle avait pris soin d'améliorer elle-même. Il avait été customisé pour optimiser ses performances, puisqu'elle espérait un retour rapide. L'engin était noir bleuté et semblait presque invisible dans l'obscurité de cet environnement. Le design aérodynamique avait été étudié avec soin pour atteindre des vitesses vertigineuses sans pour autant subir une quelconque déformation de la carlingue. À l'intérieur de l'astronef il y avait tout le confort nécessaire pour passer de longs séjours. Les deux acolytes en partance pour la planète Avenante, étaient pensifs quant à leur devenir proche. Comment les choses allaient-elles se dérouler pour eux sur cette planète? Le roi serait-il réceptif à leurs revendications ? Quels obstacles se mettraient en travers de leur route ?

Quelques minutes après les premiers milliers de kilomètres, ils firent escale sur la planète Utrus. La navigatrice connaît bien les points de ravitaillement, pour récupérer de l'eau. À peine posée elle sort son équipement pour ne pas perdre de temps, pendant que Cédric s'imagine répéter les gestes de Neil Armstrong. Pour lui c'est un nouveau grand pas pour les Terriens, si pour l'instant il est le seul à le savoir, le reste du monde ne tardera pas à le féliciter à son retour.

Il en aurait des choses à raconter, sur cette expédition, à commencer par la taille d'Utrus. Comment aurait-on pu voir une planète aussi minuscule ? Elle n'est pas plus grande que les Amériques du nord et du sud réunies. Tout comme sur Terre il y a des animaux, des insectes en apparence inoffensifs, sauf qu'ici rien ne vole. Toutes ces créatures rampent et dévorent ce sol gras en verdure. C'est comme chez lui, on pourrait même regretter le manque de dépaysement et d'exotisme. Lorsque la visite s'acheva précipitamment, Vilia réapparut en pleine course. Tel le lapin d'Alice au pays des merveilles, elle regardait son appareil, qu'elle tenait d'une main ferme, tout en tirant sa charge de l'autre. En la voyant arriver avec autant d'empressement il se demandait pourquoi elle voulait fuir subitement.

Vilia : Cours, cours ! J'ai pris de l'eau, il nous reste moins de dix minutes.
Cédric : Quoi ?
Vilia : Cours je te dis ! À la prochaine rotation cette planète sera complètement hostile.

C'était vrai ce qu'elle disait, car à peine montés à bord, ils virent la mutation des bestioles qui semblaient inoffensives. Des ailes se mirent à pousser sur tous sans exception, et ceux qui avaient fini leur croissance dévoraient les autres. Le vaisseau prit rapidement de la hauteur, parce qu'elle craignait qu'ils attaquent la carlingue.
Une fois hors de danger, elle lui expliqua que cet endroit était différent auparavant. Ensuite, à force de le visiter pour se réapprovisionner en vivres, ils s'étaient rendus compte de la métamorphose des animaux, mais sans pouvoir l'expliquer. Peut être un virus bactériologique rendait ces autochtones féroces et dangereux. En tout cas le phénomène aussi étrange qu'il puisse être était cyclique, ce qui permettait ainsi de faire une brève pause.

L'anxiété rattrapa notre héros, qui n'avait pas encore pris conscience des risques qu'ils encouraient. Il commença à y réfléchir avec un peu plus de sérieux, et il se dit qu'elle devait vraiment être amoureuse pour braver de tels dangers.
Comme pour atténuer la gravité de ce qui venait de se passer, elle engagea la discussion.

Vilia : Ton très vieux est une espèce en voie d'extinction, un humain non évolué qui n'a pas voulu accepter les sciences nouvelles de votre planète et je peux comprendre qu'il n'est pas voulu se transformer en transhumain.

Cédric : Oui c'est vrai c'est bien dommage pour lui. Que penses-tu de cette coupe de cheveux, grâce à mon implant capillaire je peux changer de longueurs, de couleurs à ma guise.

Vilia : Tu confirmes ce que je viens de te dire. Ces choses-là ne sont pas très utiles en soi.

Cédric : Ben ça dépend ! Pour charmer une poupée.

Vilia : Heureusement qu'il y a bien d'autres moyens de charmer les femmes. Essaye de voir ce que tu peux faire avec le cadeau de ton Vioc, comme tu aimes l'appeler.

Cédric : Oui tu as raison, je vais m'y mettre. On est là-bas dans combien de temps.

Vilia : Quatre ans.

Cédric : Quoi ?! Tu rigoles là !?

Vilia : Non, non mais t'inquiète, ce ne sont pas tes quatre années terrestres. Nous sommes dans l'espace à présent. On doit passer deux trous noirs et aussi le roi d'Avenante nous permettra de gagner du temps terrestre. Si tu veux pour tes amis et ta famille tu seras parti tout juste une semaine, et je pense que Mister pourra rassurer tes proches, et leur dire que rien de grave ne t'est arrivé.

Dis-moi pendant que le temps joue en notre faveur, que s'est-il passé avec ces mouvements religieux de votre planète ?

Cédric : Je sais que depuis les nouvelles révélations de l'église catholique, et la nouvelle bible apportée par leur messie, le fossé s'est creusé avec les musulmans. C'était une belle stratégie des chrétiens pour reprendre un nouveau souffle, surtout que le cercle des Jedis s'est agrandi. La série d'attentats perpétrés dans les années 2010, par de petits groupes isolés, a fait beaucoup de tort aux musulmans, ils inspiraient la crainte partout où ils passaient jusqu'à ce qu'ils se mettent à chasser eux-mêmes les extrémistes. Seulement le mal avait déjà été fait pour eux. En tout cas ce que tu nous as révélé sur Dieu m'a conforté dans ce que je pensais, cependant je n'avais aucune certitude.

Vilia : Sache que tout ce que tu viens de lui dire est certitude et c'est ancré en nous. As-tu déjà mangé du sable ?

Cédric : Mais cela ne se peut, c'est indigeste.

Vilia : Bien sûr, car ce sont ses lois. Il nous a créés avec des possibilités et des incapacités, sachant ce qui serait bon ou pas pour nous, alors tout le reste n'est que fantasme et manipulation pour le pouvoir. Pauvres Terriens qui avez perdu votre temps à vous déchirer pour rien.

Cédric : Certainement ! Sinon dis-moi quand tu as appris à parler notre langue ? C'est tout de même étrange.

Vilia : Nous parlons tous le même langage avec quelques variantes, mais ça reste très compréhensible, après j'ai mis sur mon encodeur vocal la destination Terre. Ensuite tous les sons qui sortent de ma gorge sont modifiés en un signal que ton cerveau perçoit et décode automatiquement ; de toutes les façons je vais te donner toutes ces applications tu en auras besoin tout au long de notre voyage.

Cédric : Yes girl !

Vilia : Nous allons bientôt passer le premier trou noir, je t'avertis, ça va secouer, mais ce n'est pas la peine de t'attacher car de toutes les façons nous allons mourir.

Cédric : Tu blagues là ?

Vilia : Non je ne ris pas, tu pensais que tu allais passer un trou noir comme ça, ha ha ha ! Les trous noirs se forment à l'occasion de l'effondrement gravitationnel de certaines étoiles massives qui explosent en supernova. Lorsque nous allons trop nous approcher, nous serons absorbés par son moment cinétique et là nous serons brûlés, broyés, atomisés ; enfin c'est de la mécanique quantique.

Cédric : De quoi ? Je comprends rien, tu nous emmènes à notre mort ?

Vilia : C'est bon, on y est.

Le vaisseau s'engouffre dans l'horizon, dans cette matière épaisse dont rien ne sort, même pas la lumière. Plus ils s'approchent et plus on semble entendre des bruits, alors qu'on pensait que c'était totalement vide, on croirait même déceler des cris de tous genres, mais surtout des cris d'horreur et il fait de plus en plus chaud. En réalité ça ressemble plus aux portes de l'enfer qu'à autre chose, mais il est trop tard, il n'y a pas moyen de faire marche arrière car l'engin est happé inexorablement vers le gouffre. Les turbulences sont de plus en plus violentes, on entend maintenant toute la carlingue se distordre et ça fait déjà un petit moment que nos deux voyageurs se sont tués. C'est bien la fin comme Vilia l'avait annoncée. Pendant quelques minutes plus rien, plus de bruit, c'est le calme absolu et puis brusquement une lumière indescriptible ni blanche, ni rouge, d'aucune couleur de nos arcs-en-ciel, mais éclairant tout de tel à ce que l'on puisse deviner le vaisseau. Tel un héros sorti de la guerre, mais neuf comme sorti d'usine, le voilà de nouveau, l'astronef de Vilia.

Cédric : Vilia ça va ? Vilia !

L'inconnu : Elle va bientôt reprendre ses esprits.

Cédric : Qui est là ? Comment êtes-vous entrés en communication avec le vaisseau ?

L'inconnu : Le plus simplement du monde, juste en me connectant avec l'ordinateur de bord. C'est périlleux ce que vous avez entrepris là.

Cédric : De quoi parlez-vous ?

L'inconnu : Traverser un trou noir.

Cédric : Mon amie connaît son affaire. Qui êtes-vous ?

L'inconnu : Dieu.

Cédric : Ok, c'est parti !

Vilia : Aïe ma tête ! Ca va Cédric ? Qui est cette personne avec qui tu parles ?

Cédric : Un dingue je pense.

Vilia : Je suis la commandante de ce navire, je vais vous mettre en visioconférence, déclinez votre identité et vos intentions s'il vous plaît.

L'inconnu : Je suis Dieu, et je n'ai nulle intention vous concernant. Si vous cherchez à gagner du temps dans votre voyage, réfléchissez bien aux conséquences de traverser l'inconnu. Mesurez les risques à leur juste valeur, car si les choses sont ainsi, c'est qu'il y a une ou plusieurs raisons.

Vilia : Mais qui êtes-vous ? Je ne vous distingue pas très bien sur mon écran.

Mince j'ai perdu la transmission.

Cédric : Ce petit Vioc-là ne va pas bien.

Vilia : Pour toi tout le monde est vieux.

Cédric : Pas tout le monde mais lui avec sa barbe et ses cheveux tout gris, il a bien six cents ans.

Vilia : Qu'est-ce que tu racontes ! Même avec un maintien corporel, il devait avoir à peine trente ans. Ses cheveux étaient blonds et je ne vois pas de quelle barbe tu parles.

Cédric : Ah tu as pris un coup sérieux sur la tête.

Vilia : On vérifie ça de suite, toutes les communications entrantes ou sortantes sont enregistrées par l'ordinateur.
Ordinateur, montre-nous les images de la dernière conversation.

Ordinateur : Recherche en cours madame. Transmission établie.

Cédric : Mais ton écran est tout noir, on entend mais on ne voit rien.

Vilia : Effectivement je n'y comprends rien. En plus je n'ai aucun signal d'un vaisseau dans les environs.

Cédric : Qu'est ce que tu racontes là ? Forcément il a dû disparaître comme il est venu. Il doit avoir un super vaisseau, et doit bien rire de sa blague.

Vilia : Je ne connais pas tout l'univers, mais à ma connaissance il n'y a pas de croiseur aussi rapide que cela. Je ne comprends pas non plus comment nous…

Cédric : Bon bref peu importe, avant de passer dans cette chose tu disais que nous allions perdre la vie, j'ai vu le vaisseau se distordre dans tous les sens avant que moi même ne commence à… mon Dieu, nous sommes morts.

Vilia : Oui et non ! Nous sommes morts à tes yeux de Terrien, mais à l'échelle de cette galaxie nous sommes bien en vie. Le roi d'Avenante pourra nous redonner une vie pour ta planète, il en a le pouvoir.

Bejad : Allume-toi et prépare ton module externe.

Bejad : Oui Madame U^3 ! Mais je ne vois nulle part où atterrir ; vous voulez faire une sortie O ?

Vilia : Non je vais te présenter à notre invité. Il est temps que vous fassiez connaissance.

Cédric : C'est qui ça ?

---

[3] *Les phrases de Bejad se terminent toujours par un son métallique.*

Vilia : C'est mon humanoïde de survie, on ne part jamais sans eux
d'où je viens.
Cédric : Un peu comme mon GPS.
Bejad : Vous me sous-estimez jeune homme É.

Cédric : En plus ça répond ?
Bejad : Mode terminé, je suis là Madame A.
Cédric : Ah ouais, il a de la gueule ton tas de ferrailles.
Vilia : Attention Cédric ! Bejad est un humanoïde autonome et il a
du répondant.
Cédric : Quoi ? Il va me clasher peut-être ?!
Bejad : Cela dépend de toi gamin, si tu me cherches ou si tu restes
bien IN.
Cédric : Eh petit, je vais te dire... Déjà à la base t'es parti, t'étais
déjà perdant. Je vais rentrer dans ta base et te faire baver mon
grand.
T'avais des rêves et beaucoup d'ambitions. Sauf que face à moi t'es
juste un petit bouffon.
Mais là t'attaque le challenger. Je vais te dévorer comme un burger.
Je vais te scalper de ton pain. T'enlever tes mains. Je vais te humer
comme un vieux vin et te vider tes intestins.
Bejad : Au début je me suis dit ce gars je vais bien l'aimer É. Il va
me sortir des phases à l'ancienne, genre Saïan Supa Crew OU.
Mais tes potes mon gars, ils sont passés où OU ? T'es tout seul
dans l'espace et tu joues la menace AS. Va t'asseoir au fond de la
classe, que j'te foute pas deux baffes AF.

Cédric : Eh yo ! Là pour toi les choses s'accélèrent. J'suis en mode
vénère. Tu te prends pour un rigolo. Mais t'es juste un gigolo. Sauf
que t'as pas de meuf. Normal, c'est vrai t'es un robot. Là mon gars
j'te prends réglo. J't'allume comme un mégot. Une taffe deux taffes,
j'te relâche, te fais tourner. Tu m'as fonsdé. Bolos !

 T'es un kamikaze, il te manque une case ou quoi ? Tu viens me
tester avec ton faux blase. Allez, tiens, attrape voilà deux euros,
c'est de la monnaie ancienne.

Elle est aussi vieille que ton flot. Tu me la joues R deux D deux, mais t'es trop laid mon vieux. En mode je me prends pour un humain, mais dis, ils sont où les tiens. T'es juste une machine, bonne à faire la cuisine. Vilia dis-moi où sont ses piles que j'ôte la vie de ce débile. Fais pas le malin. Tiens-toi bien, sinon faudra fermer ce bouquin. Le mec qui lit ce livre sera un fugitif. Juste à cause d'un moins que rien. Le rectorat voudra un arrêt définitif.

Eh là c'est bon j'ai trop parlé l'heure est venue de te terminer. J'ai été trop cool, je me mets en mode old school. Et je vais tailler que ta remè. Ah t'en as pas, alors maintenant on fait quoi tu chiales dans les jupons de Vilia. T'aurais voulu être un humain l'humanoïde, hélas pour toi t'es juste une stupide machine mal réglée.

Bejad : J'ai un mal de tête quand je regarde ce mec, il est trop malhonnête ÈT. Tu veux la jouer pirouette, t'es taillé comme une fillette ÈT.

Vilia s'écria : TIMES, ça suffit tous les deux. Scores ex-aequo.

Cédric : Wouah le robot tu as appris à clasher où ? Je suis plus que ravi d'avoir trouvé un vrai MC. Moi c'était mon jeu préféré avec mon père, mais plus personne ne pratique ça là-bas.

Vilia : C'est moi la fautive, j'aime beaucoup les moyens d'expression que vous utilisiez sur ta planète, et je lui ai donné toutes les bases que j'ai trouvées.

Bejad : Effectivement ! Je suis tout de même autonome E.

Vilia et Cédric se mirent à rire. C'était le début du trio qui venait de se dessiner, sous une ambiance de moqueries, mais rien de bien méchant.

Quelques semaines passèrent dans une atmosphère de partages, de blagues et d'histoires. Les uns apprenaient à connaître les autres et Bejad surprenait souvent par son intelligence et sa fascination pour les espèces vivantes faites de chairs et d'os comme il aimait à le rappeler. Durant le voyage Cédric apprenait à jouer de son instrument, il était déjà bon. Il avait un bon son, jouait des petits airs mélancoliques aussi bien que des musiques plus chaloupées. Pour lui c'était un don qu'il avait hérité de son Vioc, et il avait pris soin d'apprendre tout son répertoire. Il jurait même qu'à son retour sur Terre il remettrait la musique au goût du jour, pour lui le jazz c'était des maths en mieux, puisqu'on pouvait en tirer des émotions.

Les choses semblaient bien se passer, mais cela ne pouvait durer ainsi ; maintenant devant eux se dressait ce vaisseau noir.

Cela fait déjà plusieurs mois maintenant qu'ils sillonnent l'espace, et cela reste l'endroit le plus complexe que l'on connaisse tant il y a de qualificatifs pour l'expliquer. La multitude de mots se mesure à l'infini, grand, immense, terrifiant, sombre, calme, scintillant, étrange, fantastique, éblouissant, pénétrant, captivant, irrationnel, époustouflant, inquiétant, beau...

LA MUSIQUE DE L'ESPACE

Si vous tendez bien l'oreille, vous verrez que le lieu n'est pas si silencieux que l'on pourrait l'imaginer. Une multitude de sons se croise et se mélange. Comme celui de cette trompette que l'on devine, échouée au milieu de nulle part. En se rapprochant cela devient plus clair, il semblerait que se soit l'écho d'une mélodie jouée il y a longtemps sur Terre. Elle laisse prendre place peu à peu à ce saxophone. Maintenant le mélange avec l'environnement s'opère en toute harmonie. Le bruit des moteurs, des machines, de la propulsion de la navette, à croire que l'œuvre avait été écrite spécialement pour le moment. Les deux instruments jouent en même temps sans pour autant se déranger, la symbiose est parfaite. Pendant un instant on se laisse bercer pour ce concert d'un genre nouveau, la composition est originale. Cette petite récréation nous fait tout oublier, soucis et problèmes. C'est un moment précieux car pour l'heure on est seule. Petit à petit on revient, On reprend ses esprits pour constater que le lieu est trompeur ; il est fréquenté par d'autres.

Dans une épaisse masse floue que l'on ne pourrait décrire avec des mots de notre vocabulaire. Il faudrait inventer un nouveau lexique pour expliquer ce qui se tient devant nos voyageurs, puisqu'aucun d'entre eux n'était arrivé si loin dans les confins de l'Univers. C'était bel et bien un vaisseau, couleur noir ébène. Rien de rassurant, il semblait tirer la mort avec lui. Tout autour de l'astronef, on pouvait distinguer une épaisse couche de matière rocheuse. Il était d'ailleurs impossible de voir le hublot tellement le camouflage était réussi. Ce bâtiment était beaucoup plus grand que ce que Vilia connaissait, elle redoutait déjà le pire à venir, et puis il n'y avait aucune parade possible pour fuir ou même contourner l'objet immense dressé devant eux. Plus aucune commande ne répondait, et le sort de l'équipage semblait déjà joué d'avance. Le moment fut angoissant jusqu'à ce que la connexion avec le Vaisseau de l'épouvante fût établie.

Bejad Le Vaisseau tente une communication avec nous O.
Vilia : Oui Bejad, affiche sur l'écran.
Le Vaisseau Noir : Déclinez votre identité ou vous mourrez !
Vilia : Je suis la commandante de l'équipage, nous ne sommes que deux humains ici. Je suis Vilia de la planète Bezel et je suis accompagnée d'un jeune Terrien du nom de Cédric, ainsi que d'un robot autonome. Qui êtes-vous ?*dit-elle d'une voix incertaine, tout en murmurant à Cédric :* « Mon cher ami, je crains le pire. »
Cédric : Quoi ?

Vilia répondit d'une voix blanche, qui marqua toute son inquiétude.

Vilia : Si la légende dit vrai, je pense que ce sont des Siriks.
Cédric : Où est le problème, tu m'as dit qu'ils respectent le traité des hommes ?
Vilia : Oui, ça c'est en théorie.

Le Vaisseau Noir : Silence ! Qu'est ce qu'une Bezel et un Terrien font ensemble. Vous vous alliez pour nous attaquer ?

Vilia : Il n'en est point question, on ne sait même pas qui vous êtes.

Le Vaisseau Noir : Si ! Vous savez très bien. Les Bezels en connaissent bien plus sur l'existence des Siriks que les Terriens n'en ont jamais su.

Vilia : C'est bien ce que je craignais. Nous sommes perdus.

Le Vaisseau Noir : Faites entrer votre cercueil à bord, vous devrez répondre à nos questions. Si vous fuyez, vous serez anéantis sur place.

Bejad : Communication interrompue U.

Vilia : Nous n'avons pas le choix !

Bejad : Effectivement, les probabilités de réussir à s'échapper sont nulles É. Il n'y a aucune alternative E.

Cédric : Bon rien n'est joué, ne cédons pas à la panique. Ils pensent que nous voulons comploter contre eux, alors ne disons que la vérité.

Vilia : Ces gens-là seront sourds.

Cédric : Alors on fait quoi ?

Vilia : On y va, mais tu ne dis rien.

À la descente de leur vaisseau les prisonniers sont étroitement accompagnés par un groupe de soldats durement camouflés de la tête aux pieds. Des masques complètement lisses ne laissant apparaître aucune forme de nez, de bouche et même les yeux n'étaient pas. Juste une forme ovale signifiant que c'était bien un visage d'apparence humaine. On les emmena dans un premier sas peut-être de décontamination, et après on leur fit traverser de longs couloirs donnant sur plusieurs portes. Même portes fermées, les lieux sentent la mort et la souffrance. Pas un mot ne sort, car c'est vers un inconnu fort incertain que se dirigent les trois comparses. Une porte restée entrouverte laisse voir ce qui ressemble à une salle de tortures. On peut ressentir l'angoisse et l'inquiétude sur le visage métallique de Bejad. Encore à gauche, encore à droite, et ils parviennent au terme de ce labyrinthe. Devant eux se dresse une porte majestueuse ornée de matériaux précieux que l'on ne trouve pas sur Terre. La porte s'ouvre, c'est la dernière escale, les voilà arrivés devant un individu, le seul à visage découvert. Homme ou femme ? La distance ne permet pas vraiment de bien définir le sexe du personnage, cependant c'est bien un humain qui est assis sur ce trône royal. La question tant attendue fut dite sur un ton accusateur : « Que font un Terrien et une Bezel dans ces contrées si lointaines ? Vous nous espionnez ? ».

Villa n'eut eu le temps de répondre, qu'un soldat se détacha du rang le doigt en direction de Cédric, et cria :

« Il suffit conseillère, je veux m'entretenir seul avec ce prisonnier. »
 Aussitôt d'un claquement de doigt tout le monde s'en alla, les laissant seuls. Un instant de doute plana sur l'importance de celui que l'on prit pour le roi. En réalité il n'était qu'un second rôle, certainement un stratège pour protéger le leader du groupe.

Kèmé : Je suis Kèmé, la reine des Siriks. C'est la première fois que je vois un homme debout devant moi, je ne suis pas sûre de ce que je ressens, et pourtant il semble bien que cela soit d'une évidence. La foudre m'a frappée en plein cœur devant une telle beauté, car c'est ainsi que mes yeux vous voient bel étranger.

LA CHANSON DE KÈMÉ
(I will follow you)

You shine on me,
Light up my life, out of my deepest night
Babe let me in and tell me your name
Show me the way, would you marry me?
No one like you
Could make me so free,
Darling bring me in your love
Closer to your heart baby
I won't survive, follow me

Eh! You come into my world
I know nothing about you
Are you married?
Would you marry me?
Wherever you go
I will follow you
My endless love
You kill me softly
You are my love forever
For everything I do
Will you love me too?

First time I saw you, fell in love with you… my angel!
Been searching for you for so long...my love is true

I'm beeging you
Don't go and leave me right here
Take me with you...my precious love!
Talk to me, tell me you love me too
I love you…
(Je t'aime)

Cédric : Je me prénomme Cédric, je suis flatté de cette attention à mon égard, mais…
Kèmé : Mais quoi ?
Cédric : Je ne pourrai dire autant concernant votre beauté, puisque votre visage est caché.
Kèmé : Bien sûr, je retire mon masque.
Cédric : Maintenant que je vous vois ainsi dévoilée, je peux vous répondre à mon tour que je suis époustouflé devant votre charme.
Kèmé : Sommes-nous alors tombés amoureux d'un seul regard échangé ?
Cédric : J'en ai bien peur, car pour moi c'est bien le cas. C'est certainement une foudre céleste et invisible qui nous a frappés sans crier garde.
Kèmé : Cédric là où tu iras j'irai, ce que tu veux je te le donnerai.
Cédric : Alors viens avec nous.
Kèmé : Où ça ?
Cédric : Mon amie Vilia cherche le royaume d'Avenante.
Kèmé : Pourquoi donc ?
Cédric : Elle cherche un moyen pour convaincre le père de son tendre aimé que leur amour est vrai.
Kèmé : Je doute qu'aller là-bas lui soit profitable, mais je crois en l'amour grâce à toi, alors je serai des tiens.
Cédric : Merci, il faut que je lui annonce la bonne nouvelle.
Kèmé : C'est à ma table que tu la lui annonceras. Nous dînerons dans une heure.

L'heure enfin arrivée, Vilia et Bejad furent emmenés à la table des nouveaux amoureux. On pouvait voir le dessin des larmes sur le visage de la jeune femme, qui s'était accusée de la mort certaine de son courageux ami. Pour l'instant l'émoi la fit retomber en sanglot lorsqu'elle comprit que l'amour là aussi avait agi, Cédric se tenant debout côte à côte avec la reine. Seul Bejad n'aurait rien compris, aussi intelligent eût-il été, la magie de l'amour n'a pas de règles.

Ils mangèrent dans une atmosphère un peu austère, vu la manière dont ils s'étaient retrouvés invités forcés. À un moment le silence fut rompu.

Vilia : Votre Majesté, il est vrai que je ressens un véritable bonheur à cette table mais ce qui se passe ici m'interpelle et je ne suis pas à l'aise.

Cédric : Vilia…

Kèmé : Non laisse-la parler.

Vilia : Eh bien ! En fait, lors de notre arrivée j'ai cru reconnaître des salles de tortures et ces bruits de terreur m'on terrifiée.

Kèmé : Nous sommes un peuple guerrier. Nous assurons la sécurité des humains de cet univers tout entier. Vous n'imaginez même pas les dangers qui nous guettent.

Vilia : Vous faites allusion à quoi ?

Kèmé : Dans votre insouciance et votre ignorance, vous ne réalisez pas que les autres univers sont des inconnus. Ils sont au nombre de quatre, ils peuvent aussi bien avoir des peuples pacifiques que des monstres pires que nous les Siriks. Alors nous nous tenons prêts à toute éventualité, si Dieu ne nous prête pas main forte pour lutter contre les autres Dieux.

Cédric : Il y a plusieurs Dieux ?

Kèmé : Bien sûr ! Que croyais-tu !? Notre Dieu règne dans notre univers et les autres dans les leurs. Grâce à l'immensité de leur royaume les uns n'empiètent pas sur les autres.

Cédric : On l'a vu Dieu ah ah !

Kèmé : Vous avez vu Dieu où ?

Vilia : En sortant d'un trou noir, mais ça ne pouvait pas être lui.

Kèmé : Est-ce que c'était une femme aux cheveux d'or et d'argent, et d'une beauté sans pareil ?

Cédric : Pas du tout, c'était un vieux rabougri avec les cheveux gris.
Vilia : Qu'est ce que tu racontes ? Il avait tout juste trente ans, un très bel homme, aux cheveux blonds.
Bejad : Si je puis me permettre E, c'était un robot d'un matériau rare et précieux E.
Kèmé : Vous avez vu Dieu, je n'en reviens pas. On ne le perçoit jamais de la même manière peu importe qu'on le voie en même temps ou pas. Que vous a-t-il dit ?
Vilia : En fait ce n'était pas très clair. Je crois qu'il voulait nous mettre en garde sur vos intentions, il faut dire que la traversée du trou noir était dure.
Kèmé : Vous avez traversé un trou noir, et Dieu vous a ressuscités sans que vous ne le voyiez venir. Priez mes amis, priez. Surtout méditez à ses paroles.
Cédric : C'est facile pour toi de nous dire de prier, alors que tu mets en esclavage d'autres formes civilisations.
Kèmé : Qui parle de civilisation ? Ce sont des primitifs sans âme, sans direction.
Cédric : Le penses-tu vraiment ou est-ce une manière subtile pour expliquer vos mauvaises actions ? Moi que tu dis aimer suis descendant d'un peuple autrefois considéré sans âme. Je vais te dire dans cette langue, ce que je pense de ce que vous faites ici.

LA CHANSON DES NÈGRES
(Fo sonjé yo)

Yé kri, Yé kra

Yé mistikri Yé mistikra !

Est-ce que la cour dort ? Non la cour ne dort pas !

Alò man key prédié ! Fo zot konprann poutji.

(Alors je vais prier ! Il faut que vous compreniez pourquoi.)

51

Poutji ! Fo pa zot pèd fil listwa ta-la.

(Pourquoi ! Vous ne devez pas perdre le fil de l'histoire.)

Man té pé sèvi dé mo dot langaj

(J'aurais pu utiliser une autre langue)

Mé kréyol sé pli bel témwaniaj

(Mais le créole est le plus beau témoignage)

Pou esplitjé zot sa sa yé lesklavaj, kouté an ti pasaj.

(Pour vous expliquer ce qu'est l'esclavage, écoutez un peu.)

Pep-mwen té viktim.

(Mon peuple était victime.)

Neg vann neg pou té sèvi, mé pa pou mitilé épi masakré.

(Des nègres ont vendu des nègres pour servir, mais pas pour mutiler et massacrer.)

Yo eksterminé pandan kat-san-zan, san milion ta-nou, é fè nou konprann lontan pa té ni otan.

(Pendant quatre cents ans, ils ont exterminé cent millions des nôtres, et nous ont longtemps fait croire que ce n'était pas autant.)

Pou neg pa vansé séré vérité'y adan liv

(Pour que le nègre ne progresse pas cachez-lui la vérité dans un livre.)

Pou neg-la tjilé fok i sé vagon an lokomotiv.

(Pour que le nègre régresse il faut qu'il soit le wagon de la locomotive.)

Fo pa janmen yo douvan. An tout manniè fo yo dèyè.

(Ils ne doivent jamais être devant. De toute évidence il faut qu'ils soient derrière.)

Milat, terseron, karteron, kwenteron ! Yo pé mélanjé kon yo lé ! Mé sé neg yo ké rété, menm si yo sòti klè.

(Mulâtre, terceron, quarteron, quinteron ! Ils peuvent se mélanger comme ils veulent ! Mais ils resteront des nègres, même s'ils sortent clairs.)

Fo yo kwè an nou. Fo yo enmen nou. Fo jenn-mal rayi vié-mal. Fo vié rayi jenn.

(Il faut qu'ils croient en nous. Il faut qu'ils nous aiment. Il faut que le jeune mâle haïsse le vieux mâle. Il faut que le vieux haïsse le jeune.)

Fo piti fimel-la enmen nou, mé fo yo rayi kòyo.

(Il faut que le petit de la femelle nous aime, mais il faut qu'ils se haïssent entre eux.)

Mi sé sé jan pawol misié Lynch té ba adan lèt li-a.

(Voilà le genre de propos que monsieur Lynch avait tenus.)

An nonm sé té an mal é an fanm sé té an fimel.

(Un homme c'était un mâle et une femme c'était une femelle.)

Yo té ka akouplé nou pou zafè-yo té maché. Falé pa nou té ni lanmou dan tjè-nou.

(Ils nous accouplaient pour que leurs affaires marchent. Il ne fallait pas que nous ayons de l'amour en nous.)

Nou té bet-yo, nou té bagay-yo, nou té choz yo. An 1848 apré konbien soufrans, neg brizé chenn-yo é kolon pa té ni chwa ki di libéré yo.

(Nous étions leurs bêtes, nous étions leurs objets, nous étions leurs choses. En 1848 après de nombreuses souffrances, les nègres ont brisé leurs chaînes et les colons n'avaient pas d'autre choix que de les libérer.)

Fo di osi konmes-tala té rivé bout sinon yo pa té key ladjé nou konsa.

(Il faut dire aussi que ce commerce était arrivé à sa fin, sinon ils ne nous auraient pas laissés comme ça.)

Sé selman an pati listwa ki la. Man pé di zot plis mé fodré fè an liv pou sa.

(C'est seulement une partie de l'histoire qui est là. Je peux vous en dire plus, mais il faudrait faire un livre pour ça.)

Jòdijou anfon tjè-nou, fo toujou ni an pansé ba yo.

(Aujourd'hui au fond de nous, il faut toujours avoir une pensée pour eux.)

Nou pa ni dwa oubliyé yo.

(Nous n'avons pas le droit de les oublier.)

Nou pa ni dwa néglijé yo.

(Nous n'avons pas le droit de les négliger.)

Fo sonjé yo !

(Il faut penser à eux !)

Cédric s'était mis à raconter l'histoire du peuple dont il était originaire. Son élocution était un peu hasardeuse puisqu'il ne pratiquait pas souvent cette langue, mais cela ne l'empêcha pas de le faire avec conviction. Son audace charma encore plus Kèmé, qui jura de ne plus continuer. C'était la première fois qu'elle aimait ; cette reine intrépide avait trouvé son alter ego.

Planète AVENANTE, les voies du passé

Les amis arrivent enfin à leur destination.

Avenante La grande est dix fois plus grande que la Terre. Elle possède même une micro planète en apesanteur. C'est là que se trouve la famille royale. À première vue, les autochtones sont tous des géants, ils mesurent environ cinq mètres. Tout est disproportionné sur Avenante ou plutôt tout est plus à la taille normale des gens d'ici.

Encore une fois les décors ressemblent à ceux que l'on peut voir sur la petite planète bleue. Il y a de l'eau, de la terre, de la verdure, des montagnes ; c'est une copie conforme de notre planète, mais en gigantesque.

Une fois présentée à Digios, le roi d'Avenante, Vilia expliqua au monarque les raisons de leur visite.

Digios : La reine des Siriks ici ! Premièrement vous emmenez la terreur personnifiée en cette demeure.

Ensuite, vos idées reçues. Il est impossible de voyager vers le futur, seul Dieu peut connaître l'avenir. Le seul moyen possible serait de vous dématérialiser maintenant et de vous rematérialiser dans le futur ; là seulement vous auriez voyagé dans le temps, sauf qu'en réalité votre objectif premier n'est pas de voyager dans le temps mais de connaître le futur. Nous pouvons seulement voyager dans le passé, le créateur des mondes nous en a donné les possibilités, cependant sachez que modifier le passé aura une incidence sur notre présent, alors il vaut mieux ne pas prendre de tels risques, c'est bien trop périlleux. Quel serait notre intérêt ?

Juste pour faire plaisir à une Bezel ; vous pensez que je mettrai mon peuple en péril d'une tranquillité établie depuis des millénaires ? Cherchez plutôt en vous la voie de la sagesse qui vous ramènera à la raison. L'amour n'est que passion d'égoïstes concentrés sur leurs propres axes ; voyez autour de vous : la sagesse est une noble vertu que nous nous efforçons d'améliorer dans notre quotidien.

Vilia : Je croirais entendre le père de Milian.

Digios : Alors c'est certainement un grand homme. Comme je vous l'ai déjà dit il n'y a pas de richesse en ces termes que vous décrivez ; seulement une idée de votre bonheur que vous vous imposez d'apprécier. On peut aimer n'importe qui ou n'importe quoi et pourtant pour bien des raisons, les mêmes éléments peuvent être détestés sans concession. Un homme vous accueille avec un présent et vous l'aimez éperdument, alors que le même individu viendrait sans nobles intentions que vous lui seriez indifférente. L'amour n'est qu'un tour de magie de l'esprit. Regardez les Terriens ils s'aiment, divorcent et se détestent, cela voudrait-il dire que l'essence de cette énergie n'est que de courte durée, tel un combustible fossile. La lumière d'une étoile vous parvient alors qu'elle n'est plus, vous comprendrez cette vérité lorsque vous l'aurez ingérée. Je ne ferai rien pour vous.

Kèmé : Et si je vous en intime à mon tour de trouver la raison, il est préférable que nous puissions trouver un arrangement avant que je ne retrouve mes instincts primaires que l'Amour lui même a mis en sommeil.

Digios : Faites comme bon vous semble, nous verrons bien. J'ai plus à craindre des forces de l'Univers que d'un seigneur de guerre en rémission.
Kèmé : Que dites-vous ?
Cédric : Kèmé calme-toi.

Vilia : Cédric a raison, ne perdons pas notre calme, après tout il a peut-être raison.

Digios : Soyez malgré tout mes convives ! Profitez de votre séjour chez nous, restez autant qu'il vous plaira. Pour l'heure mes sujets vont vous conduire à résidence.

Vilia : Merci votre Majesté pour votre hospitalité.

Digios se retira dans un lourd silence. Les visages marqués par leur défaite, les voyageurs suivirent le conseiller du monarque. En réalité les amis n'avaient nullement envie de se promener ou d'apprécier cette escale. Ce qui devait être une solution s'était transformée en un échec déroutant. Aucun des acolytes n'avait pensé à un refus aussi catégorique, même face au légendaire Kèmé.

Le retour de la musique

*M*ister : Je vous dis ma petite dame, dans les années 2020, lorsqu'ils ont commercialisé les véhicules autonomes ils ont vite supprimé les radars car les concessionnaires ne voulaient pas prendre la responsabilité d'une défaillance technique de leur part. Ils ont donc rassuré les gens sur l'improbabilité qu'il y ait des accidents grâce à cette technologie puisque les voitures auraient été entièrement gérées à distance par des satellites. Voilà comment un business fort lucratif disparut du jour au lendemain. En banalisant cette évolution technologique, personne n'aurait imaginé que ça annoncerait la fin de cette cagnotte. Je pense que si le gouvernement y avait pensé avant, il aurait sûrement mis une taxe écologique fortement onéreuse, histoire de nous dissuader de nous en procurer. En tout cas le G20 s'est mis d'accord pour mettre en place une taxe mondiale sur le soleil, depuis que tous nos équipements sont à énergie solaire.

Bref bref bref, laissons tout ça de côté ; mon petit-fils m'a redonné le goût de jouer de la musique, alors j'ai ramené mon instrument et je vais vous jouer une petite chanson comme je faisais autrefois.

Vous me rappelez l'une de mes chères et tendres, alors je vous dédie cette chanson ma chère amie.

La serveuse répondit avec un certain enthousiasme : « J'en suis ravie mon cher Mister. »

Il prit son instrument, fit deux, trois notes timides et la magie du son opéra, car de mémoire d'homme on ne se rappelait pas ce que c'était que la musique. Puis il joua des titres d'autrefois, il appelait cela des standards. Son public improvisé était subjugué par cet art et cette maîtrise, mais comment avait-on pu oublier la musique et la chanson ? L'emprise qu'ont les sons sur notre corps, dans notre chair. Le repos qu'on observe lorsqu'on ne sollicite plus ces neurones pour calculer sans cesse, même le réflexe de tout enregistrer avec son appareil sans pouvoir vivre le moment présent s'en était allé. Ces chanceux auraient eu à leur tour une histoire à raconter, celle d'un soir avec le dernier homme capable de faire rêver tout éveillé. Il finit son show par une chanson improvisée, qui donna certainement de l'espoir et une suite à envisager.
À ce même instant le Maniok venait de se stationner en orbite de la Terre.

Mister : Maintenant je vais improviser une chanson pour immortaliser cette soirée. Nous l'appellerons *Je te reverrai* en hommage à mon jeune garçon parti dans l'espace.

JE TE REVERRAI

...Eh ! Je me rappelle encore après une bonne sortie cinéma
On allait toujours direction les Champs-Elysées
Le lieu romantique pour les amoureux, assis à la terrasse d'un café
On se contemplait, en se tenant la main
On imaginait nos lendemains, *forever* (pour toujours).
Je te disais toujours tout ce que tu voulais entendre
Je te chantais, je te chantais mes plus belles mélodies
Et tu me disais : « Oh mais qu'est-ce que c'est beau quand tu chantes l'amour. M'aimeras-tu toujours ? »
Oui chérie je promets
Que je te dirai tout ce que tu veux entendre, car c'est la plus belle manière que j'ai pour te montrer que je serai là éternellement pour toi.

Ce fut tout naturellement un tonnerre d'applaudissements ; les gens avaient oublié ce petit témoignage individuel que le public offre en parfaite union à l'artiste, pour le récompenser du bonheur qu'il vient de lui procurer. Puis il disparut comme par enchantement sous le regard ébahi du public, ce jour-là il devint une légende.

« Télétransport réussi mon capitaine ! », *s'écria un officier.*

Mister : Ramenez-moi où j'étais ! Qu'est-ce que c'est que ces manières? Je ne fais rien aujourd'hui, j'étais en bonne compagnie.
Milian : Vous ne craignez rien ici, je suis à la recherche de ma bien-aimée, Vilia.

Mister : Bien entendu, je vois de qui vous parlez, elle est partie avec mon petit-fils, pour gagner du temps je crois disait-elle.
Milian : Mais dans quoi a-t-elle été se fourrer ?
L'officier : Mon capitaine, nous sommes entourés de vaisseaux.

Une solution pour le retour

*R*etranchée dans ses quartiers, Vilia n'était pas d'humeur à profiter des quelconques privilèges que le roi leur avait accordés. Cédric et Kèmé eux aussi étaient embarrassés de ne pouvoir aider leur amie, même si cette aventure leur avait permis de se rencontrer, ils auraient voulu que Vilia puisse vivre pleinement à son tour son amour avec son tendre aimé. Quelle injustice, on aurait dit que le sort semblait s'acharner sur elle !
Alors que tout le monde était en pleine réflexion, un sujet du roi se présenta à eux.

Bedja : Quelqu'un frappe à la porte, Madame I.
Vilia : Oui, entrez.
Le valet : Je vous prie de m'excuser, mon seigneur souhaite s'entretenir avec vous.
Cédric : Mais nous étions avec lui à l'instant.
Le valet : Non pas le roi, mais son frère.
Vilia : Je ne savais pas que le roi avait un frère.
Le valet : Oui madame, c'est son frère cadet.
Kèmé : Bon allons-y donc, nous verrons bien.
Vilia : Oui, allons-y.

D'un pas pressé, ils suivirent le sujet qui les emmena aussitôt à son maître.

Le seigneur Elios : J'ai ouï dire que vous vouliez voyager dans le temps.

Cédric : Oui dans le futur dans un premier temps, mais le roi nous a dit que c'était impossible.

Elios : En effet seul Dieu en est capable. Le grand maître sait où se trouve le passé, le présent, et le futur dans l'espace temps. Il a la réponse que tous les humains cherchent sur la théorie des cordes.

Kèmé : Alors que faisons-nous ici à perdre notre temps ? Votre frère nous a déjà dit qu'il ne pouvait rien pour nous.

Elios : Du calme gentilhomme !

Cédric : Pourquoi dites-vous gentilhomme ?

Elios : Comment l'amour de votre vie en vous témoignant sa flamme ne vous a pas dit qu'il était hermaphrodite ? Vous n'avez quand même pas cru que des guerrières sillonnaient l'espace et mettaient des peuples en soumission juste avec leurs beaux sourires. C'est un peuple farouche…

Kèmé, d'un ton agacé : Cela suffit !

Cédric : C'est vrai, Kèmé ?

Vilia : C'est pour ces révélations que vous nous avez fait demander. Je suis navrée Kèmé. Allons, quittons au plus vite cette planète.

Elios : Comme je le disais, calmez-vous. J'apporte des solutions à votre problème.

Kèmé : Il ne m'inspire pas confiance, allons-nous-en d'ici.

Kèmé semblait en pleine transformation, comme si la colère lui avait changé les traits du visage. Ses muscles se dessinaient et grossissaient à vue d'œil.

Elios : Écoutez-moi, je peux vous renvoyer dans le passé très aisément.

Vilia : Et pourquoi feriez vous cela ?

Elios : Oh ! Moi je n'attends rien en retour.

Kèmé : Il ment !

Elios, d'un ton moqueur : Mais non cher ami, I, E.

Cédric : Calme-toi Kèmé, je veux que Vilia retrouve son amour.

Kèmé : Tu as raison, mais…

Elios : Il faudra juste…

Kèmé : J'en étais sûre !

Elios, en souriant : Juste, me jouer un air musical. J'ai vu que votre jeune ami porte en bandoulière un instrument de musique. Il me reste de bons souvenirs de mes voyages sur Terre à l'époque où ils en jouaient encore. Aujourd'hui ça ne sert plus à rien de visiter cette planète. Nous appellerons cette chanson *Walk to the future*, un peu pour que vous n'ayez pas l'impression d'être venus ici pour rien.

Cependant l'humeur collective n'était pas des plus favorables, mais Cédric prit quand même son instrument afin de désamorcer la mauvaise ambiance qu'Elios avait pris plaisir à organiser.

WALK TO THE FUTURE

Chose promise, chose due, avant même qu'ils s'en aperçoivent les amis avaient été transportés à travers le temps. La place où ils se trouvaient debout devant Elios était en réalité une plate forme spatio-temporelle. Ils arrivèrent au moment précis où Mister venait de se faire télétransporter par le prince de Vilia.
Cependant aucun d'entre eux ne connaissait les vraies raisons de cette aide soudaine. Plus personne n'était présent pour voir la sombre incantation de l'individu. Il mit le genou à terre, la tête baissée et invoqua des Dieux dont il semblait connaître l'existence.

Elios : Dieux des autres mondes le temps est venu pour vous de prendre cet univers, et de me donner mon titre de roi du royaume d'Avenante. Je serai votre fidèle serviteur. Les hommes se déplacent et se rencontrent, les mondes se croisent, à présent il est temps pour vous de prendre la place et de dominer ces petites créatures.

Une brèche obscure s'ouvrit devant lui et il fut happé aussitôt par une épaisse fumée noire...

Les retrouvailles

*B*ejad : Madame, nous sommes devant la Terre U.

Vilia : Oui, il nous a aidés.

Kèmé : J'ai un mauvais pressentiment.

Vilia : Pourquoi dis-tu cela ?

Bejad : Madame, le Maniok est aussi devant nous É.

Au même moment sur l'autre navire.

Mister : Bien entendu, je vois de qui vous parlez, elle est partie avec mon petit-fils, pour gagner du temps je crois, disait-elle.

Milian : Mais dans quoi a-t-elle été se fourrer ?!

L'officier : Mon capitaine nous sommes entourés de vaisseaux.

Vilia : Bejad, entre en contact avec eux.

Bejad : Madame, la communication est établie E, mais il me semble reconnaître derrière eux le navire royal É.

Vilia : Le Malavoi ! *s'écria-t-elle.*

Milian : Mon amour vient à bord de mon vaisseau. C'est le général que mon père a envoyé à mes trousses, mais il ne vous sera fait aucun mal à toi et à ton équipage si tu es à mes côtés.

Bejad : Il y a aussi Orbis à sept milles unités sud O.

Cédric : Ils vont nous voir.

Kèmé : Si ce n'est pas encore fait.

Bejad : En effet, ils sont en train de faire demi-tour E.

Le général : Messire, le roi votre père vous somme de rentrer. Je suis chargé de vous ramener.

Vilia : Qu'ai-je donc fait pour que la galaxie se retrouve ici à cet instant ? Il ne fallait surtout pas.

Bejad : J'ai intercepté une communication de la Terre vers Orbis É. Ils pensent que ce sont les Etiafs qui veulent les attaquer O.
Kèmé : Pourquoi attaqueraient-ils cette planète ?
Mister : Parce qu'ils n'ont jamais répondu à nos messages, et là soudainement toute cette flotte spatiale au dessus de leur tête peut laisser envisager une attaque.
Kèmé : Ce n'est pas comme ça que l'on procède pour attaquer.
Le prince : Mais eux ne le savent pas.
Vilia : Milian mon amour nous arrivons.

Les embrassades des retrouvailles sont de courte durée aussi bien pour Vilia et Milian que pour Mister et Cédric. Pour le moment tout semble conforter les mauvais pressentiments de Kèmé.
Le pire reste à craindre de la part des hommes, du général envoyé par le roi, et même l'étrange disparition d'Elios. L'amour pourra-t-il calmer les esprits et surtout dissiper cette mauvaise atmosphère qui semble vouloir noircir le destin des deux amoureux ?

IMPOSSIBLE SANS EUX :

<u>Livre</u>

Sandra Pichegrain : Correction/mise en page du roman
Jeanne Tsaty : Correction du roman
Guillemette Thelamon : Correction *I will follow you*
Airman: Réalisation couverture
Bérard Sabin
Serge Jean Joseph
Chabine Prod
Franck Partel
Lucien Zamor
Raymond Rhino

<u>CD</u>

1. ZOUK LOVE
(Compositeur : Cédric Chevignac
Programmation : Kutter)
Trompette : Mister Chevignac
Saxophone Ténor : Jean Philippe Meyniac
Guitare : Alexandre Cabit
Bass : Kévin Duchel

2. AMOUR BAROQUE
(Auteur/compositeur : Cédric Chevignac
Compositeur/arrangements : Thierry Vaton)
Violons : Johan Renard, Anne Camillo
Alto : Julien Gaben
Violoncelle : Valentine Duteil
Hautbois : Damien Fourchy
Flûte : Naïé Dutrieux

Studio : Cyber Sound
Ingénieur : Cirylle Traclet

3. AMOUR BAROQUE (version instrumentale)

4. LA CHANSON DE MILIAN *La fin du monde*
(Auteur/compositeur : Cédric Chevignac
Programmation/arrangements : David Rodap)
Chant Lead : Mister Chevignac

5. LA MUSIQUE DE L'ESPACE
(Compositeur/programmation : Cédric Chevignac)
Trompette/Saxophone Alto : Mister Chevignac

6. LA CHANSON DE KÈMÉ *I will follow you*
(Auteur/ Compositeur : Cédric Chevignac
Programmation : Kutter)
Chant Lead : Mister Chevignac
Guitare : Alexandre Cabit
Chorus guitare solo : Eric Duhamel
Bass : Yoan Zebina
Manuela André : Alto/direction chorale
Alex Bertrand : Soprano 1
Eliane Gruette : Soprano 1
Myrtho Banby : Soprano 2
Laurie Mongis : Soprano 2
Guillemette Thelamon : Alto
Clara Bertrand : Alto
Manuela Andre : Alto
Johan Goujon : Bass
Olivier Simasotchi : Bass

7. LA CHANSON DES NÈGRES

(Auteur/compositeur : Cédric Chevignac)
Chant Lead : Mister Chevignac

8. JE TE REVERRAI

(Auteur/compositeur : Cédric Chevignac
Co-compositeur/arrangements : Frantz Laurac)
Chant Lead/Trompette : Mister Chevignac
Batterie : Axel Zebina

9. WALK TO THE FUTURE

(Compositeur : Cédric Chevignac
Progammation/arragements : Kutter)
Trompette : Mister Chevignac
Bass : Yoan Zebina
Guitare : Alexandre Cabit

10. LA CHANSON DE MILIAN (version instrumentale)

11. LA CHANSON DE KÈMÉ (version instrumentale)

<u>TOUJOURS LÀ :</u>
KUTTER Cédric Eric
SISSOU Francis Eric : Technicien son
Studio : Musique Station
Mastering : Total Records
Charly Lopez : *Je te reverrai*
Jude Euranie

Edition : BoD - Books on Demand
12/14 rond-point des Champs Elysées, 75008 Paris
Imprimé par Books on Demand GmbH,
Norderstedt, Allemagne
ISBN : 9782322096473
Dépôt légal : août 2016